KB188116

하나님과 시소를 탄다

서보영

프롤로그

　내 나이 열 살이 되던 해에 부산에서 대구로 이사를 왔다. 마당도 넓고 방도 여러 개 있는 한옥이었는데, 마지막 끝방에서는 향냄새가 끊이질 않았다. 대문 앞에는 엉성한 대나무가 서 있고, 그 아래에 하얀 한지 위로 음식들이 놓여 있었다. 밥 한 숟가락, 황태 대가리, 이것저것 나물 반찬 조금씩.

　끝방은 언제나 깨끗이 청소되어 있고 드문드문 손님들이 다녀가셔서인지 과일이며 단술이며 먹을 것들이 비워진 적이 없다. 방 안 선반 위로 향과 촛불이 항상 피워져 있었는데, 엄마는 그곳을 할배라고 불렀다. 나도 그렇게 불렀다.

　할배가 어떤 의미인지도 모르는 나이에 그냥 향냄새가 싫어서 교회를 다니기 시작했는데, 하나님께서는 죄가 더한 곳에 은혜를 더욱 부어 주셔서 중학생이 되던 해에 십자가의 사랑을 깨닫고 예수님을 영접하게 되었다. 내 삶의 주인이 하나님이심을 고백하면서 그렇게 우상의 도가니에서 해방된 나의 삶이 시작된다.

　생후 52일, 목도 가누지 못하는 첫째 아이를 안고 물리치료실로 향한다. 선천성 사경*으로 경직된 목의 근육을 치료하기 위해 매일 8시간

---

* 선천성 사경: 태어나면서부터 한쪽 목의 흉쇄유돌근이 경직되어 목이 기울어지고, 이로 인해 안면이 비대칭적으로 발달하는 선천적인 질병. 약 1~2%의 신생아에게서 발견.

씩, 1년의 시간을 병원에서 보내야 했다. 편안한 이부자리, 심장 소리 들리는 엄마의 품도 누릴 수 없는 아이의 안쓰러움에 새벽마다 울부짖었는데 하나님께서는 자족하라 하신다.

둘째의 모습이 첫째와 다르다. 20개월이 되어도 걷지를 못하고, 엄마랑 눈 마주침도 없고, 36개월이 되어도 엄마라는 단어조차 말하지 않는다. 처음 들어보는 '자폐'라는 진단에 하늘이 온통 먹구름이고 깊은 구덩이에 빠진 양 아무것도 보이지 않았다. 하나님께서는 이 또한 그가 지은 바 되었다고 하신다.

자녀를 통해 펼쳐진 광야 같은 삶을 감당할 수 있도록 하나님께서는 시를 쓸 수 있는 마음을 주셨다. 허락하신 삶에 감사하게 하시고, 단어를 생각나게 하시고, 문장을 쓰게 하신 분이 하나님이셨음을 고백하면서 여기 있는 시들을 하나님께 올려드린다.

지금, 1남 2녀의 자녀들은 건강한 사회인으로, 장애인 화가로, 모델로서 각자의 자리에서 성인이 되어 있다.

내가 궁핍하므로 말하는 것이 아니니라 어떠한 형편에든지 나는 자족하기를 배웠노니 나는 비천에 처할 줄도 알고 풍부에 처할 줄도 알아 모든 일 곧 배부름과 배고픔과 풍부와 궁핍에도 처할 줄 아는 일체의 비결을 배웠노라.

(빌립보서 4:11~12)

2025년 4월 21일
광야의 끝자락에서 서보영

차례

1장

내가 올라가면 나를 내리시고

2장

내가 내려가면 나를 올리신다

부록

1장

내가 올라가면 나를 내리시고

처음의 것

처음의 것은
나를 설레게 하고
꿈을 가지게 한다

처음의 것은
온 마음을 쏟게 하여
그것에만 집중하게 된다

처음의 것은
무엇과도 바꿀 수 없는
값진 것이 된다

예수님은
내 삶의
첫 열매가 되셨다.

수국처럼

옹기종기 작은 꽃들이
한 송이 큰 꽃을 만든다

연한 꽃잎으로
잎이 돋보이고

넓은 잎들이
작은 꽃들을 받쳐준다

하나이나 여럿이고
여럿이나 한 송이다

오늘도 수국처럼
하루를 이어간다.

내 나이가 기다려진다

나이를 먹는다는 것은

생각이 쇠퇴해 가는 게 아니라
삶의 이치에 더 가깝게 깨달아 가고
성숙되어 가는 것이다

젊은 시절의 뜨거운 열정과 에너지가
소멸되어 가는 게 아니라
그 사용 방법이 달라지는 것이다

주관이 뚜렷해지고
많이 알아 가는 게 아니라
내 것을 내려놓고
하나님을 따르는 데
길들여지는 것이다

나이를 먹는다는 건
내 삶에 감사가 많아지는 것이다

난 세월의 흐름이 기다려진다.

안부

잘 지내느냐 물으시면
주님이
나의 안식처 되오니
평안하다 하리이다

어떻게 지내느냐 물으시면
그의 음성을 내가 듣고
나의 기도를 그가 들으시니
평화로다 하리이다

성령께서 주신
심령으로
평안하고
평화로우니
내 삶은 언제나
그의 기쁨 되길 바라나이다.

Love is all about God

사랑은 하나님의 모든 것이다
나도 그 사랑 안에 있다.

예배

봄에는
꽃이 내리더니

여름에는
비가 내린다

가을에는
낙엽이 내리고

겨울에는
눈이 내린다

하나님은
끝없이
내려 주신다

오늘을
하나님께
올려드리자.

보이는 것보다 보이지 않는 것으로

보이는 것보다
보이지 않는 삶을 사모합니다

내가 한 나라의 왕이라면
다윗처럼
춤을 추고 싶습니다

내가 부족함 없는 부자라면
욥처럼
의롭게 살고 싶습니다

내가 가진 것 없는 거지라면
나사로처럼
소망을 품고 싶습니다

내가 앞을 못 보는 소경이라면
바디매오처럼
크게 외쳐 부를 것입니다

보이는 것은 잠깐이지만
보이지 않는 것은 영원하기 때문입니다.

기도 인생

인생의 반을 지나온 지금에
더욱 필요한 것은 기도입니다

이삼십 대
끓어오르는 청년 시절을
기도로 감당하게 하시고

사십 후반의
한소끔 가라앉은 지금도
기도로 견디라 하십니다

노년의
식어가는 때에도
내가 붙들 것은
기도뿐이라 하십니다

시간이 흐를수록
더욱 필요한 것은
기도라고 하십니다

인생은

하나님의 음성을 듣는 시간입니다.

회복 ①

허락하신 인생을 불평하지 아니하오니
나의 매여오는 가슴을 평안케 하옵소서

하나님을 알지 못함에 마음이 안타까우니
그가 가여우니이다

세상 부귀로 행복을 기준하는 어리석음에
내가 분노하며

노력 없이 성공을 바라고, 게으름이 일상이 되니
내 탓인 양 죄책감도 밀려오나이다

평화보다 전쟁을 옳다 하고, 용서와 배려가 없음이
누가 그 마음을 지켜주리이까

그를 불쌍히 여기소서

주께서 지금까지 나에게 평안을 이끄시어
아픔 뒤에 위로를 슬픔 뒤에 기쁨을 주셨나이다

그들의 마음에 주님께서 내주하여 주옵소서
내게 주신 평안을 그들에게도 부어주사
복이 되길 원하나이다

내일에는 오늘로 인해 화목제를 올리리라.

회복 ②

길 잃었던 시간을
긍휼히 여기사
머물 곳을 보여주시고

기도의 자리
회복하게 하시니
참회의 눈물뿐입니다

복된 소리 들려주사
진정 예배드리오니
주님만이 영광 받으소서

나를 받아주시어
당신의 도구로
쓰임 받는 은혜 주옵소서

이제, 다시
주님을 가까이 뵈옵니다.

비교의식

가인은 아벨과 비교함으로
살인자가 되었고,

요한을 향한 베드로의 질문에
"네게 무슨 상관이냐" 하신다

내게 주신 길을 걸어가자.

위대한 축복

"너희에게 평강이 있을지어다"
하나님과 화평하게 하사
어떠한 삶에도 평안이 머물게 하시며
모든 만남 속에서 기쁨을 허락하시네

"나도 너희를 보내노라"
아버지께서 아들을 보내신 것 같이
나도 보냄을 받았으니 예수 십자가의 삶이
곧 나의 삶이 됨이라

"성령을 받으라"
내게 주어진 십자가의 삶을 감당하기 위하여
하나님의 역사하는 능력을 나에게 부어 주셨네

"주 예수를 믿으라"
내 죄를 사하여 주신 그 은혜의 축복을
누구에게라도 전하게 하시니
나는 예수 부활의 증인으로 살아가게 됨이라.

여호와께 복 받은 자손이라

예수 그리스도를 통해
오래 황폐하였던 곳을 다시 쌓으시며
옛부터 무너진 곳을 다시 일으키시며
대대로 무너져 있던 것을 고치시네

여호와의 제사장이 되게 하시고
하나님의 봉사자라 하시네

예수 그리스도를 통해
구원의 옷을 입히시고
공의의 겉옷을 더하셨다네

이는 여호와를 향한
공의와 찬송을 모든 나라 앞에서
솟아나게 하시며

여호와께 복 받는 자손이라
인정받게 하시네.

연단

가슴이 조여오고
숨 쉬는 것조차 버겁다
지금을 포기하고 싶고
어디론가 도망가고 싶다

누구도 대신할 수 없는 지금을
버틸 수 있기를 기도한다

하나님은 나에게
인내할 수 있는 힘을 주신다.

Life is love

사람이라는 글자 받침 'ㅁ'이
둥글게 다듬어지면 사랑이 된다 했다

그렇게 사랑이 되고
그 사랑은 또 다른 사랑을 만들어 낸다
하나님께서 씨 가진 열매를 만드셨듯이

영혼을 향한 끊임없는 기도는 사랑이다
그 사랑으로 그들은 변화되어 간다

쉬지 않는 기도에 하나님은 응답하신다
사랑의 열매는 그냥 주어지지 않음이다

끊임 없는 섬김과 희생과 시련 속에서
얻어진 참된 열매이다

하나님께서 사랑을 그렇게 만드셨다.

유다는
며느리 다말에게서
베레스를 낳고

살몬은
기생 라합에게서
보아스를 낳고

보아스는
룻에게서
이새를 낳고

다윗은
우리야의 아내에게서
솔로몬을 낳고

동정녀 마리아에게서
예수님이 태어나셨다

하나님께서는
일반적이지 않은 모습으로
예수님을 보내주셨다

나에게도 오셨다.

시들해진 화초에 물을 주면
언제 그랬냐는 듯
생기 있게 이파리를 편다

삶도 마찬가지인가 보다
영혼들의 기도 제목은
축 처진 나의 삶에 생기가 되었다

기도는
삶의 호흡이라더니
오랜만에 찾아온 간절함에
내일 새벽이 기다려진다.

하늘 문이 열린 듯
모든 것의 순조로움으로
감사의 연속이 될 줄 알았는데

태풍이 지나간 것처럼
모두 쓸리어 가버렸다

낙심 가운데
울지 않아도 되는 것은

오늘 밤이 지나면
아침이 오기 때문이다.

기도 응답

기도의 응답은
하나님의 선하신 뜻이 무엇인지
지혜를 얻는 것이다
내 생각과 욕심을 내려놓고
하나님의 뜻에 순종하게 된다

기도의 응답은
말씀과 함께할 때
그 뜻이 더욱 분명해진다

기도의 응답은
하나님의 선하신 뜻을 깨달아
평안을 얻는 것이다
하나님의 크신 계획을
지금은 알 수 없어도
기도하고, 기대하며, 기다릴 수 있다

기도의 응답은
하나님의 선하신 뜻을 이루기 위해
성령님이 함께하심을 경험하는 것이다
내 힘이 아닌 하나님이 하셨음을 고백하게 된다

기도의 응답은 하나님을 향한
진정한 감사와 찬양과 경배의 열매가 된다

기도는
나의 독백이 아닌 하나님의 음성을 듣는 시간이 되었다.

반성

근심은 내가 주인 된 삶이었고
낙심은 나의 욕심이었다.

받은 복을 세어 보아라

지금, 손에 주어진 것이 없어져도
지금까지 채워주신 분이 하나님이시니
감사의 제목 들고 당신께 나아옵니다

지금, 바라던 것이 이루어지지 않아도
지금까지 인도하신 분이 하나님이시니
소망의 마음 품고 당신께 나아옵니다

주신 이도 여호와이시며
거두신 이도 여호와시오니
여호와의 이름이 찬송을 받을지어다

그까짓 거

딸의 재활 치료 일 년도
굳건히 이겨내게 하셨는데,
출국 육 개월 미뤄진 게 뭐라고
그렇게 마음 아파했을까

아들의 자폐성 장애 진단에도
요동치 않게 하셨는데
집 나간 그깟 돈이 뭐라고
그렇게 원망을 했을까

어제의 하나님이
오늘의 하나님이시거늘

그까짓 거
하나님이 여시면 아무것도 아닌데

그리 아니하실지라도
감사할 수 있게 하시니
어제의 마음이
오늘의 감사 되게 하시네.

그의 옷 가에 손을 대는 여인처럼

예수님의 옷 가에 손을 대듯이
연약한 마음 들고
성전 입구에 발을 딛습니다

사람으로서는 낫게 할 수 없으나
고쳐 주실 믿음으로
무리 속으로 들어옵니다

당당할 수 없는 부정한 모습에
예수님의 옷 뒷자락으로 나아옵니다

"딸아, 내 믿음이 너를 구원하였으니 평안히 가라"

낫고자 하는 마음,
낫게 하실 믿음이
그녀의 삶을 움직입니다.

물가에서

일용할 떡으로
허기진 내 배를 채우시고
지나온 지친 삶이 평안이 되게 하시네

내 발을 물가로 인도하시어
물소리를 듣게 하시니
이는 눈물이요
애통의 소리라 하시며
내게 주신 떡을 물 위에 던지라 하시네

물 위에 던진 떡이
숨 쉬는 이들의 먹이가 되고
호흡이 되며
감사가 되어
은혜의 삶으로 흐른다 하시니

이것이 하나님의 뜻이요
하나님 나라의 축복이라 하시네.

복된 여인

쓰라린 그의 삶에
긍휼을 부어 주시어
한 영혼을 품게 하시고

주님의 마음이
그를 향하고 있다 하시니
제 마음도 그를 봅니다

길을 막아서는 영과의 씨름에
밤새 뒤척임에도
기도의 끈을 놓지 않게 하시고

하늘 문을 여시어
은혜의 단비 내려주사
오늘도 승리하게 하십니다.

꽃 [: 셋째 날]

숨소리 없이 조용해도
네가 있음을 느끼는 건
너의 향내가 퍼져 나감이요

바람결에 흔들린 듯하나
날아가지 않는 건
땅이 너를 지탱해 줌이로구나

활짝 핀 꽃잎에
지나가는 이들도
발걸음을 멈추고
너는 잠잠함으로
너의 자리를 지킨다

날이 저물어
꽃잎이 시들어도
네 삶이 아름다운 건
네게서 씨가 맺히고
열매 되어 거름이 됨이리라

너의 삶으로

생명이 번성하여

감사제가 되나니

이는 하나님의

셋째 날 창조 섭리라.

구들장

꽁꽁 언 손과 발
아랫목 이불 속에 넣으니
온몸이 사르르
나도 모르게 잠이 든다

기도는
구들장이다.

시[詩]를 쓰며 춤추게 하소서

날마다 삶의 감사를 채워주시니
주를 찬양하길 원하나이다
다윗이 추었던 춤을 나도 추게 하소서

주의 마음이 가는 곳에
내 마음도 가게 하시니
흘리는 땀에 기쁨의 시를 쓰게 하소서

손에 쥔 떡을 강물에 흘려보내게 하사
그들의 필요를 채우게 하시니
마음의 소욕도 물리치셨나이다

보고 들을 수 있는 모든 것에
예수 그리스도가 주제 되게 하시고
날마다 감사의 시를 쓰게 하소서
날마다 찬양의 시를 추게 하소서.

본질 [: 나를 알아가다]

땅속에 뿌리 박혀 하늘만 바라보고
바람으로 생동을 느끼며
빗물에 눈물 적시는 나무야,
날아다니는 새들을 부러 마라
하나님이 너를 그렇게 만들었단다

네가 있기에 새들이 집을 짓고
지나는 이들의 그늘이 되니
열매 맺어 나눔 됨이 네 달란트란다

아래로 흘러 위로 올라가지 못하고
수많은 돌들에 부딪혀 졸졸 소리 내어도
그 아픔을 헤아리는 이 없는 물아,
계절 따라 옷 입는 나무와 꽃을 부러 마라
하나님이 너를 그렇게 만들었단다

그들의 생명이 너에게 있으니
너는 모든 생명을 살리는 삶이란다

형태도 냄새도 색깔도 없는 바람아,
너의 존재가 보이지 않아 서러 마라
하나님이 너를 그렇게 만들었단다

보이지도 않고 형상도 없는 성령님을
바람으로 표현할 만큼 네 삶에는
만물을 움직이게 하는 능력이 있단다

애통 가득한 네 삶을 버거 마라
하늘만 바라보는 나무처럼
아래로만 흐르는 물처럼
형태도 냄새도 없는 바람처럼
하나님이 너를 그렇게 만들었단다

네가 위로를 받을 것이라 하였나니
네 삶으로
누군가의 쉼이 되고
누군가의 생명을 살리며
누군가의 능력이 되게 하신단다

예수님이 십자가에서 이루어 주신 삶이란다.

본질 [: 할렐루야]

나무는 하늘을 우러러
두 팔 벌려 춤을 추고

꽃들은 어여쁜 색으로
장식하며

흐르는 물은
소리 내어 노래하고

바람은 이들을 모아
지휘를 하니

호흡이 있는 자마다
여호와를 찬양하여라.

시소 [: 능동 vs 수동]

하나님과 시소를 탄다

내가 올라가면
하나님은 나를 내리시고
내가 내려가면
하나님은 나를 올리신다

내가 올려지면
하나님은 나를 바라보시고
내가 내려지면
하나님은 나를 지켜보신다

시소는 은혜로 움직인다.

12월, 마리아를 생각하다

마리아는
어떤 여인이기에
하나님의 아들을 낳는
택함을 받았을까
하나님은 마리아의
무엇을 보신 걸까

마리아는
처녀의 몸으로
잉태된 것에 대한
세상의 비난을
어찌 감당했을까

마리아는
하나님의 아들을
마구간에서 낳아야 함을
어떻게 받아들였을까

주의 계집종이오니
말씀대로 이루어지이다

12월, 마리아를 닮고 싶다.

예술가

오늘은 화가가 되어
울긋불긋 예쁜 가을을
도화지에 담고 싶습니다

내일은 음악가가 되어
사그락사그락 낙엽 밟는 소리를
오선 줄에 담고 싶습니다

때로는 시인이 되어
글로 표현하고 싶지만
연필로는 형형색색
이 가을을 못다 표현합니다

화가도,
음악가도,
작가도 아니지만
지금
눈으로 이 가을 그리고
귀로 이 가을을 긋습니다
그리고 적습니다

마음의 도화지에
마음의 음표에
마음의 원고에

사람은 누구나
하나님이 만드신
예술가입니다.

바다 [: 받아]

하나님은 바다에게
모든 것을 품으라 하신다

고래부터
새우까지
살아갈 수 있게 만드시고

흐늘거리는 해초나
펄 속 조개들까지도
돌보라 하신다

멀리서 보는
수평선과 일출만으로도
위로하게 하시니

하나님은 바다를
그렇게 만드셨다
모든 것을 다 받아주라고.

각양각색

하나님이 내게 주신 각양각색 선물들

어엿한 사회인으로 직장 생활을 하는 큰딸
그림으로 삶을 살아가는 자폐 스펙트럼 아들
신장 180cm로 자신의 매력을 찾아가는 작은딸

하나님은 어째 요런 것들을 내게 맡겼을까?

결혼의 은혜

사랑하는 이여,
노트에 그대 이름을 써나가고
스쳐 지나갈지라도
그대의 뒷모습을
얼마나 그리워했던가요

바램인 듯 인연인 듯
끌림 속에 시작된 우리의 만남은
하나님의 계획이었어요

그대, 나를 생각하고
나, 그대를 보곱게 하는 것은
우리 스스로가 다듬음이 아닌
하나님께서 우리에게 주신
선물이에요
그 은혜로 지금껏 함께했음이
서로가 닮음이 되었나 봐요

당신의 미소로 아침을 깨우고
당신의 그리움으로 잠을 청하는 오늘도
하나님의 우리를 향한 은혜입니다.

엄마의 꿈

"엄마는 지금 꿈이 뭐야?"
"엄마는 지금 하고 싶은 거 없어?"

인생 50세를 바라보는 돌연 질문에
난 잠시 생각에 잠긴다

시집도 출간하고
바리스타, 소믈리에 자격증도 따고 싶고
아프리카로 자원봉사도 떠나고 싶고
산으로 들로 나물 캐러 다니고도 싶고
장독대 많은 집에서 텃밭도 일구고 싶다

하지만
진짜 엄마가 하고 싶은 것은
너희들을 위해 매일 기도하는 삶이란다

엄마는 꿈을 꾸지 않는 것이 아니고
엄마는 꿈이 없는 게 아니고
너희들의 꿈이 엄마의 꿈이 되고,
그 꿈이 이루어지도록 기도로 살아가는 삶이란다

하나님의 꿈이 너희들의 꿈이 되고,
그 꿈이 이루어질 때 엄마의 꿈은 이루어진단다

이게 진짜 엄마의 꿈이란다.

새벽하늘

큰딸이 찍어 보내온 창밖 새벽녘 사진
이 시간 큰딸은 무엇을 생각했을까?
아마도 앞으로의 진로에 대해
자신을 돌아본 것 같다
새벽을 깨우는 사람이면
세상 무엇이 두려울까?
너의 꿈,
너의 열정에
엄마는 기도하고 기대하며 기뻐한다

너와 함께하시는 하나님을
같이 알아가자꾸나

새벽하늘이 참 이쁘다
너의 삶이 새벽하늘이다.

방 정리

어질러진 방만큼이나
네 마음도 힘들었구나

엄마는 너의 방 정리밖에 할 수 없지만
네 마음은 하나님이 정리해 주실 수 있단다

너의 삶의 참 주인이요,
너의 참 부모이신 하나님을 기억할 수 있기를
간절히 기도한다.

사랑 총량의 법칙

어둡고 긴 터널을 지나온 듯한 지난 두어 달,

너의 힘들었던 시간만큼이나
나도 어디로 가야 할지 몰라 헤맸단다
너의 아픔을 대신해 줄 수 없음에
나의 가슴이 사무치고
너의 슬픔에 위로되지 못하는
나의 연약함이 더없는 고통이었던 것 같다

너에게 바라지도 않고,
왜 그러냐 묻지도 않고,
네 모습 있는 그대로를 안아주게 되더라

그게 사랑이었나 봐

너를 품을 수 있었던
그 시간에 사랑이 채워지니
어느새 너도 달라져 있더구나
베풂을 아는 삶의 여유가 느껴지던걸

총량의 법칙이 맞나 보다
지난 시간에 채워주지 못한
미달한 사랑의 총량을
하나님께서는 채우게 하신다

너무 늦게 채워줘서 미안하다
지난 시간 잘 버텨줘서 고맙다

사랑하고 사랑한다.

2장

내가 내려가면 나를 올리신다

내 꿈은 사랑입니다

"바닥에 누워 봐. 하늘이 다 보여."
뇌성마비 정재완 시인의 마음이 내 맘속에 여전히 남아 있습니다.

규장출판사 정재완 시인 저서 '내 꿈은 사랑입니다'에서 발췌

모두가 봄

따스한 봄날에는
어디 간들 좋지 않겠는가?
비록 집 안에 매여 있어도
창가에 기대어 봄을 여행한다
달음박질하는 아이들 얼굴에는 개나리가 피었고
가벼운 걸음의 할아버지에게는 벚꽃이 피었다
손잡고 가는 연인에게서 진달래 꽃망울이 터지고
목마 탄 아이는 아빠의 새싹이 되었다

자연도,
사람도,
모두가 봄이다
내 마음도 봄이 되었다.

봄 눈

오늘 같은 비가 좋다
맞으면 흠뻑 젖을 수 있고,
조용히 들리는 빗소리에
마음은 고요해진다

내리는 비에
벚꽃잎이 떨어져
봄 눈이 되었다

4월에 내리는
어여쁜 눈이다.

친정 엄마

'시장을 볼 시간이 없어요
김치 좀 담아주세요
청방배추로 자작하게…'

아쉽고 도움이 필요할 때
늘 찾게 되는 친정엄마

퇴근길에 김치 가지러 가니
저녁까지 준비해 놓으셨다
미역국에 감자전이며, 빵게 조림까지

그저 간장 한 병이라도
더 챙겨주려
여기저기를 뒤져보신다

대문 밖을 나설 때면
양손 한가득이다.

나의 우주

삼면이 막힌
도서관에 앉아 있노라면
온 세상은 내 것이다

공상의 날개를 펴고
난,
자유로운 여행을 한다

읽고 싶은 책,
쓰고 싶은 글,
누구도 방해하지 않는
나만의 시간이다

지나간 추억도
지금의 삶도
내일의 꿈도
모두 품을 수 있기에

이 작은 공간의
행복을 만끽하고 싶다

지금, 여기
커피 한 잔만 있으면
세상 그 무엇이 부러우랴.

잃어버린 여름

여름인데,
날씨가 서늘하다

장마가 시작되려나
우산을 준비하고,

더운 날씨일까
반소매 옷을 입었건만

가방 속 우산과
덧입은 겉옷에
여름을 잃어버렸다

나의 일상을 잃어버렸다.

방황

울고 있는 나를 나무라지 마오
허락하신 인생에 감사하며 살고자
쓰라린 가슴을 달래는 것이오

당신 곁에 없는 나를 나무라지 마오
지금은 떠나 있으나
마음 있는 곳이니 곧 돌아갈 거요.

건강

인생의 반환점을 돌려니
여기저기 몸에서 신호가 온다
어느새 타이레놀과 친구가 되었다.

가을 소풍

서늘한 바람,
따사로운 햇볕,
높은 하늘의
가을 날씨가 좋다

토란을 말려볼까?
고춧잎을 말려볼까?

물 한 병, 사과 하나
배낭에 넣고
자전거길을 달리고도 싶어

이 가을을
어딘가에
저축해 두고 싶다.

우리 집 빨래 ①

우리 집 빨래는 요술쟁이
매일 해도 줄지 않는다
아침에 널고, 저녁에 개고
하루도 쉴 틈이 없다
지금은 여름이라
더 많아지는 빨래
우리 집 빨래는 요술쟁이
사르밧 과부의 기름병이다.

우리 집 빨래 ②

우리 집 빨래는 가뭄도 없네
큰 따님 농활 다녀오고
가져온 선물은
빨래 쓰나미

모두가 건강 위해 운동하는데
나에게 돌아오는 건
땀 냄새 흠뻑 젖은
빨래 홍수다

우리 집 빨래 바구니에도
무지개는 뜨겠지?

우리 집 빨래 ③

오늘도 우리 집 빨래는 풍년이로세
세탁기 몸살 나시겠다
주말에는 너도 쉬어야 할 텐데
더 바쁜 몸이 되었구나
무더운 날씨로
아침과 오후,
두 번의 이모작을 하니
보약이라도 지어주랴?

서울 구경 [1일 차]

◆ 북촌 한옥마을
한국의 정서가 고스란히 모여 있다.
기와가 정겹고,
나지막한 돌담길이 좋다.
가회동이 어여쁘다.

◆ 홍대거리
젊음이 좋긴 좋구나.
버스커버스커의 노래가 이토록
심장을 뛰게 할 줄이야.
길거리가 청춘이다.

서울 구경 [2일 차]

◆ 서대문형무소
독립운동 열사들과 민주 운동가들이
구금되었던 역사적 장소에서 마음이 숙연해진다.
혹독한 고문을 어찌 견뎠을지 상상하기도 힘들지만
독립운동가들이 대부분 기독교인이라는 건
아마도 신앙의 힘으로 지탱하지 않았을까.

◆ 인사동 거리
전통찻집과 갤러리가 가득하다.
가게 곳곳마다 한국의 정취가 많다.
돌담길, 풀 한 포기, 꽃 한 송이까지
내 마음을 사로잡는다.

◆ 청계천
온종일 걷고, 쇼핑하고,
다리가 아플 즘에
청계천에서 휴식을 얻었다.
거리 버블 공연에 쉼을 누리며
맑은 물소리를 듣는다.

서울 구경 [종착역]

◆ 쉑쉑버거

따님들의 서울행 최종 목적지 도착
'쉑쉑버거'

촉촉한 빵에
육즙 가득한 패티
신선하고 아삭한 야채
서른 명 줄을 서서 먹어도 좋을 만큼 맛있단다.

버거를 즐기는
너희들이 청춘이다.

혼밥

시험 기간이라
큰 따님 늦으시고
아드님 저녁 생각 없다 하고
이렇게 나 혼자

엊저녁 식은밥에
마지막 남은 미역국
그래도 나를 위한 계란말이 하나쯤은

자식이 커갈수록
같이 밥 먹기가 힘드네.

소확행

이벤트의 여왕 따님들은 어버이날을 그냥 지나치지 않는다
퇴근 후 집에 오니 케이크 준비해 두고 아드님은 꽃을 내민다
이런 게 삶의 행복이겠지

누군가를 생각하고
고마워하고
표현하며
마음을 얻는다는 것은
또 다른 삶의 에너지가 된다.

묵은 삶

떠나면 쉽게 잊힐 줄 알았는데
이젠 그런 나이가 아닌가 보다

5년의 세월은 정든 추억을 넘어
내 삶의 일부가 되었다

창틀 먼지도, 못 박힌 자국도
싱크대 묵은 때들도 내 삶의 흔적이다

새로운 곳에 가면 벅찬 기대로
새출발을 할 수 있을 것 같았는데

이제는 새로운 것보다는
묵은 게 좋은
나이가 되었다

풍요로운 삶보다는
여유 있는 삶이 좋은
나이가 되었다

맛있는 것보다는
속 편한 음식이 좋은
나이가 되었다

똑똑함보다는
어수룩함이 좋은
나이가 되었다

나도 이제 중년인가 보다.

동상이몽

◆ 하나

엄마 손 잡고 시골서 온 꼬마 아가씨
네다섯 시간 버스를 타고 오느라
힘들었을 만도 하구먼
어린 나이에 내색도 하지 않는다.
그 마음이 기특해서 쥐여준 만 원.
잠시 뒤, 환한 미소로 그 값을 낸다.
"엄마, 저분이 주셨어. 우리 저금통에 넣자."
아이의 얼굴이 햇빛보다 더 밝다.

◆ 둘

먼 길 오신 손님.
빈손으로 가면 허전하시려나.
가는 길 멈추고 휴게소에 들러 호두과자 만 원어치
손에 쥐여드렸더니 역정부터 내신다.
사람이 몇인데 이것뿐이냐?
부족하다 하시니 감출 수 없는 부끄러움이
온몸을 휘감는다.

만 원의 나눔이 이리 다르니
난 어린아이의 마음이고 싶다.

가을 길

강정보에서 성주대교까지
3시간 남짓을 걸었다

자전거 탈 때는 보지 못한 많은 것들이
걸으니 보인다

길가의 꽃들과
폴짝 뛰는 메뚜기들

기와집 앞마당에
붉어진 대봉과 입 벌린 밤송이,
주렁주렁 달린 대추가 내 입맛을 훔치고,
밭두렁 호박 넝쿨에 기분이 좋아진다

봄에도 예뻤을 벚꽃 길이
지금은 억새가 대신 손 흔들며
높은 하늘은 물감으로도
표현 못 할 푸르른 색이다

가을이 익어간다

허기진 뱃속을 칼국수 한 그릇으로 달래주니
이 기분을 무엇으로 표현할꼬

청명한 하늘,
시원한 바람,
영그는 열매,
산과 밭의 흙냄새로
가을의 오감을 즐긴다.

리틀 포레스트

아파트 구석진 곳에
입주민들의 버려진 화초 하나하나가 모여
예쁜 화단이 되었다

종류도 다르고
볼품도 없고
화분도 성하지 않다

근데 너희들에게서
생명의 기운이 느껴진다
보고만 있어도 좋다

어여쁘다
리틀 포레스트.

닮아감

당신과 있으면
생각이 예뻐지고,
가슴이 따뜻해집니다
내 영혼이 소생됩니다

나도 누군가에게
당신처럼 되고 싶습니다.

요즘

SNS보다
책이 좋아진다

보는 것보다
듣는 게 좋아진다

말하는 것보다
들어주는 게 좋아진다

요즘
이런 내가 좋아진다.

봄꽃 [: 보다]

매화랑 산수유를 본 게
엊그제 같은데
벚꽃과 복사꽃이
활짝 피었네요

이제 곧
철쭉이 예쁘게 피겠군요
이팝과 아카시아가 필 때면
그때는 산에 올라가 보아요.

81세 아버지

완고하시고 호통만 치시던 기억만 있는데
여리고 나약해진 어깨에 가슴이 아련해집니다

노래를 잘 부르시고
꽹과리도 제법 흥 치시고
옷도 잘 만드시고
지식도 많으셨어요

풍진 세상 속,
그 많은 재능을 펼칠 날이 없을 때라
먹고살기에 바빴던 세월이었습니다

완고한 사랑 방식을 이해하지 못하고
그저 당신처럼은 안 살아야지 했는데

긴 하루가 지나고 붉은 석양이 떠오른
지금에서야 걸어오신 발자국이 보입니다

전쟁과 가난 속에서 살아남기 위한
몸부림의 삶이었습니다

81년의 지난 세월,
고생 많으셨습니다
열심히 사셨습니다.

꿈 많은 아이

밤새 심심했던지
어릴 적 꾸었던
지난 꿈들을 그림으로 그려 놓았다

김연아 선수에 매료되어
피겨를 시작하고

일러스트 그리는 게 좋아서
미술학원에 다녔다

수의사가 되겠다고
공부도 열심히 하고
앵무새도 키웠지

체형 교정으로 시작한 발레였지만
너의 긴 팔다리는 발레리나를 꿈꾸기에
정말 괜찮았는데

지금은

하나님이 주신 체형으로

모델을 하고 있지만

무엇을 꿈꾸었든 넌 다 잘해왔어

무엇을 하든지

엄마는 항상

너를 응원한다.

딸의 119 ①

요즘 많이 힘들어
엄마 생각이 났었구나

힘들면 외로워지는데
누군가에게 응석 부리고 싶었을 거야

몸도 아프고 여기저기 불편해지면
그건 아마도 그리움이 더해진 허전함이더라

입맛도 없어지고 식당 음식도 지겨워질 텐데
엄마가 한번 내려가마.

딸의 119 ②

큰딸에게서 오는
'카톡' 소리는
엄마를 다급히 찾는 소리다

취준생이 보낸 문자 내용에는
긴장감이 고스란히 느껴진다

자기소개서, 면접 의상,
발표 PPT 준비한 것에
'good'이라는 엄마의 평가를
듣고 싶은가 보다

서류 전형에 같이 마음 졸이고
면접 준비에 같이 긴장하고
최종 합격에 같이 환호한다

큰딸의 사회 첫걸음에
엄마도 함께 파이팅이다.

나는 엄마다

엄만 이것도 모르나?
너희들의 핀잔에도
좀 갈키도고

엄마 용돈 좀
지갑 탈탈 털어가도
요거면 되겠나?

퇴근길에는
요구사항도 많다
오냐, 사 가마

엄마, 내 것 어딨어?
저기
엄마, 내 것 못 봤어?
여기
어마 그거 어딨어?
저기

엄마는 호구다

그래도 늘 행복한 건
나는 엄마이니깐.

대구 향수

마흔여덟, 서울살이 7개월 차

하루를 보낼수록 잊히리라 생각했는데
하루를 보낼수록 그리움만 더해간다

지하철은 단순했고, 운전 길도 쉬워
어디든 갈 수 있었건만
사람 많은 이곳은 왜 이리 복잡한지
매번 길을 잃는다

우리라는 삶으로 웃고 울었는데
여긴 오롯이 홀로 적 삶이다

투박한 말투에도 마음 읽히고
무뚝뚝함에도 정이 있었건만
신사들에게는 온기가 없다

무엇보다 씁쓸한 건

다른 이들은

모두 잘 살아가고 있음이다

그저, 지금 이곳에서 나를 돌아볼 뿐이다.

저질 체력

화왕산을 2코스로 올랐더니
처음부터 끝까지 돌계단뿐이다
사뿐히 올라가는
남편을 못 따라가고,
난 죽는 줄 알았다

올라도
정상은 보이지 않고,
똑같은 배경의
똑같은 돌계단뿐

입에서는 욕 나오고,
심장은 헉헉거리고,
엉덩이에서는 가스 나오고,
이런이런~

저질 체력 인증 완료!

냉면 랩소디

유난히 더웠던 올여름,
대구보다 더 더웠던 서울에서
나를 살려준 음식은 냉면이었다

무심코 시청한 다큐멘터리 '냉면 랩소디'를 보고
냉면에 푹 빠져버렸다

그저 차가운 육수에
면발 말아먹는 음식으로만 알고 있었는데

냉면은 우리 역사의 흔적이요, 생존의 삶이요,
실향민들의 추억이자 귀향이다.

30년

남편의 입사 30년

좋은 일도 웃을 일도 많았겠지만
회사 월급 받는 종업원의 삶이
그리 만만치는 않았을 터인데,
억울하고, 분하고, 섭섭해서 절규해야 하는
시간이 더 많지 않았을까?

여보, 정말 고생하셨어요
직장인으로,
남편으로
세 아이 아빠로,
아들로,
사위로,
가정의 무거운 짐들을 지고 가느라
얼마나 힘드셨어요?

당신 덕분에
은총이 재활 치료,
은규의 장애 치료,
은서의 뒷바라지도
잘 감당한 것 같아요

지난 시간 돌아보면 힘든 순간이었는데도
정말 행복했어요

어떤 순간이 와도 하나님께서 허락하신 삶이라
믿어 의심치 않으며 지금까지 걸어온 것 같습니다

감사합니다, 그리고 사랑합니다.

벚꽃엔딩

복잡하고 서먹한 서울을
일찍 적응하기 위해 취업을 했었는데
1년이라는 시간으로 마무리한다

정서도 다르고
문화도 다른 이곳에서
나는 이방인이었나보다

좋은 기억보다는
아쉬움이 많은 시간이었다

출근길,
한 시간을 걸으며 오늘의 안녕을 기도하고

퇴근길,
한 시간을 걸으며 오늘의 힘듦을 다스렸건만

나는
승리자도 패배자도 아닌
나그네의 모습으로 마침표를 찍는다

벚꽃잎이 다 떨어져 가는 지금
나는 이곳을 떠나온다.

이른 새벽,
우리 집 창밖으로 본 아침 안개에
감탄이 나온다
강처럼 보이지만 바다란다

영화의 한 장면인 듯
판타지 소설 속인 듯
신비함을 머금으며
이곳에서의 새로운 삶을 기대한다

복잡했던 서울을 떠나
화성 새솔동으로 이사를 했다.

성숙

풋풋한 사회 초년생은 어디 가고
성숙미 물씬 풍기는 전문직 여성이 왔다

더 나은 곳으로 이직하면서
자기 계발에 게으르지 않은 딸

어려운 부서에서 고생이 많구나

힘든 만큼, 많이 배워나가는 과정임을
잊지 않기를 기도한다

이 순간까지도
하나님이 함께하셨음에 감사하단다.

불효

오랜만에 대구 친정 가는 길

단팥빵을 여러 개 사 갔는데
엄마는 하나도 먹지 않으신다

저녁으로 고봉밥을 주시며
많이 먹으라는 엄마에게
밥이 너무 많다며 나는 반을 남겼다

병원에 가기 위해 택시를 탔다
택시비로 만 원 내미시는
엄마 손을 뿌리치며
나는 내 카드로 결제를 했다

대학병원에서 진료과를 찾으려면
이곳저곳 걸을 일이 많다
엄마의 좁은 보폭 걸음에
나는 빨리 걷자고 재촉했다

이제야 생각하니
엄마는 빵을 좋아하지 않으시고
밥을 많이 주는 것이 사랑의 표현이셨고
자식 돈 쓰는 것을 아까워하셨다

부모의 마음을 모르는 것이
불효가 아니겠는가
부모가 원하시는 것을 따라감이 참된 효일지라

나는 부모에게도
하나님에게도
당신의 마음을 모르는 부끄러운 불효자여라

사치 [: 분수에 지나치다]

구두 뒷굽이 닳아서
구두 한 켤레를 사야겠습니다

환절기 건조해진 피부에
보습력 좋은 화장품도 필요합니다

매일 입는 정장이라
바뀐 계절 따라
정장도 한 벌 삽니다

그나저나 김장철이 다가오는데
재룟값이 천정부지입니다
말로만 듣던 금치가 돼버렸습니다

빠듯한 자취 생활에
영어 학원 등록도 해야겠습니다

오늘은 가족들의 것을
많이 사들였습니다

이는 내 것을 채우는 것보다
더 큰 기쁨이 됩니다.

인생 사계 [人生四季]

따가운 햇볕으로
기세등등 내리쬐어도
가을 앞에는
부드러워지고

부족한 것 없는
풍요 속에서
겨울의 손짓은
겸손하게 한다

혹독한 칼바람의
힘든 나날도
봄볕에서 녹아버리고

모든 생명의
새로운 시작은
무성한 여름으로 너를 성장시킨다

계절은

강자도 약자도 없다

높음도 낮음도 없다.

여수

바다와 산이 어우러진 여수는
고요하고 평안한 곳이었다
여러 날을 머물러도 지겹지 않은 그런 곳이다

동해처럼 파도도 없고
서해처럼 펄도 없어
잔잔한 호수 같은 바다이다

내 삶이,
내 성품이,
여수 같으면 좋겠다

다음에 또 오고 싶은 쉼 같은 곳.

부 록

사명 [영화 '국제시장'을 보고]

내가 살아오고,
내가 살아가는
내가 살아가야 할 삶을 담았다.

흥남에서의 피난은 죄악의 구덩이에서 건짐을 받은 구원의 시작이요,
아버지와 헤어질 때 한 약속은 그의 사명이 되었다.
아버지가 없으면 네가 이 집의 가장이라고 하신다.
주님께서 승천하실 때 내게 맡기신 지상사명이다.

자신의 꿈도 포기하고 가족의 생계를 위해 떠나야 했던
파독과 월남 참전은 세상과 부딪혀야 할 우리의 삶이라.

이산가족 찾기에서 동생을 찾는 그의 모습은
잃어버린 양을 찾아 헤매는 목자의 마음이었다.

무엇보다 나의 마음을 뭉클하게 엔딩,

"아버지, 내 약속 잘 지켰지예.
이만하면 잘 살았지예.
근데 내 진짜 힘들었거든예."

주님 오실 때에 나도 이렇게 고백할 수 있기를⋯.

서로를 사랑한다는 건 주의 얼굴을 보는 것
[영화 '레 미제라블'을 보고]

대사 하나하나가
나를 사로잡는다
감동 그 자체라 해야 하나
성경 그 자체라 해야 하나

장발장을 통해
자베르를 용서하는
다윗도 보았고
코젯을 소유하지 않는
아브라함도 보았다

값없이 받은 은혜에
우리의 삶이 변하고
그 후에 하나님은
구원해야 할 영혼을 맡기신다.

[영화 추천] 7번째 내가 죽던 날

내일이 오지 않는 반복된 오늘에 갇힌 주인공.
마지막 오늘을 살면서 그는 친한 친구들과 멋진 시간도 보내보고,
소중한 가족들과 아낌없는 사랑도 표현해 보고,
반항적인 모습으로도 살아 본다.
결국 그는 후회 없는 나다운 삶을 선택하며 마지막 오늘을 살아가는데.

내가 좋아하는 나다운 영화였다.
"become who you are."

[영화 추천] 피아니스트

몇 번을 보고 또 봐도 감동적인 실화.
오늘같이 비가 오는 날에 보면 더더욱 나를 사로잡는다.

세계 2차대전 나치의 만행을 배경으로 유대계 폴란드인 피아니스트
브와디스와프 슈필만의 실화.

유대인.
이주.
도피.
독일 장교.

피아노는
그에게 삶의 희망이었고,
살아남게 한 원동력이다.

그가 살아남을 수 있었던 것은
자신과 이웃과 신의 돌봄이었으리라.
인생은 모든 것이 협력하여 이루어진다.

[도서 추천] 김병련 목사의 '난 당신이 좋아'

주님이 우리에게 주신 고난은 이겨내야 하지만 품어야 할 때도 있다는
저자의 간증에 마음을 같이하며…

아내가 좋고,
주어진 고난이 좋고,
이런 삶을 허락하신 주님이 좋아.

[도서 추천] 빅터 프랭클린의 '죽음의 수용소에서'

인간은 어떤 환경 속에서도 적응할 수 있는 존재라는 걸 보여주고, 생사의 엇갈림 속에서도 삶의 의미를 발견한다면 견뎌낼 수 있다는 아우슈비츠 수용소에서 겪은 자전적 수기.

[뮤지컬 추천] 지킬 앤 하이드

인간에 대한 선과 악의 두 면을 비유하며 이야기가 전개되지만 지킬과 하이드 모든 면을 사랑하는 엠마가 나를 사로잡는다.

하나님과 시소를 탄다

1판 1쇄 발행 2025년 5월 9일

지은이 서보영

교정 신선미 편집 이새희
마케팅·지원 이창민

펴낸곳 (주)하움출판사 펴낸이 문현광

이메일 haum1000@naver.com 홈페이지 haum.kr
블로그 blog.naver.com/haum1000 인스타 @haum1007

ISBN 979-11-7374-059-6(03810)

좋은 책을 만들겠습니다.
하움출판사는 독자 여러분의 의견에 항상 귀 기울이고 있습니다.
파본은 구입처에서 교환해 드립니다.